LES PAPAS DINOSAURES

RUTH PAUL

Texte français d'Isabelle Allard

Éditions
■SCHOLASTIC

Ce papa est GRAND,

ce papa est **TRAPU**.

Ce papa est
GÉANT,

ce papa est **MENU**.

Ce papa est **PIQUANT**,

ce papa est **ÉPINEUX**.

Ce papa est **AMUSANT**,

ce papa est **CHATOUILLEUX** .

Ce papa aime **SIFFLER**,

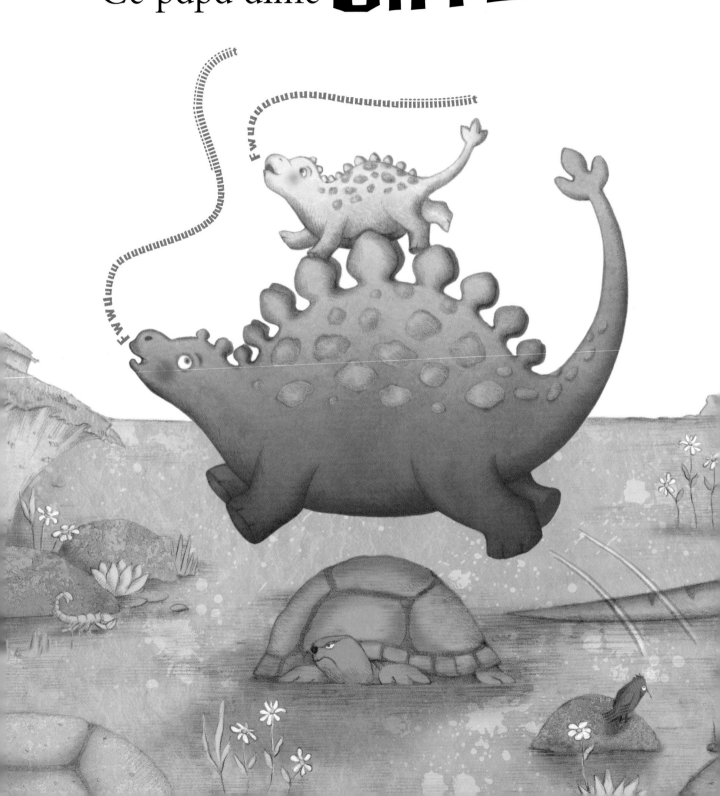

ce papa aime **GROGNER**.

Ce papa aime siffler, grogner…

fwuit grrrr fwuit grrrr fwuit grrrr fwuit grrrr fwuit grrrr fwuit grrrr fwu...

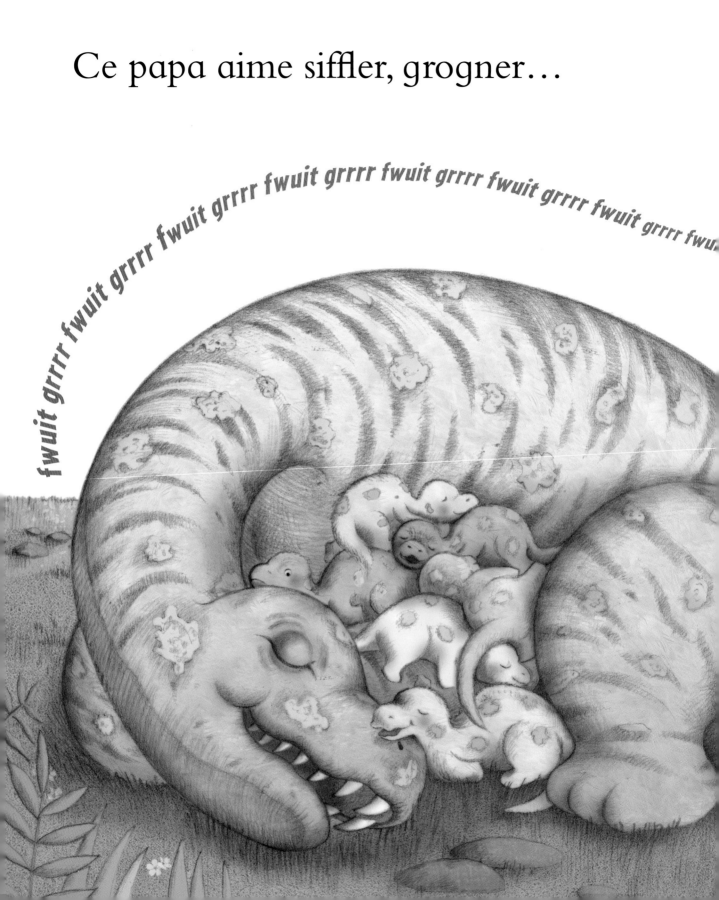

et **RONFLER.**

grrrr fwuit grrrr fwuit grrrr fwuit grrrr fwuit grrrr fwuit grrrr fwuit grrrr fwuit grrrr fwuit grrrr

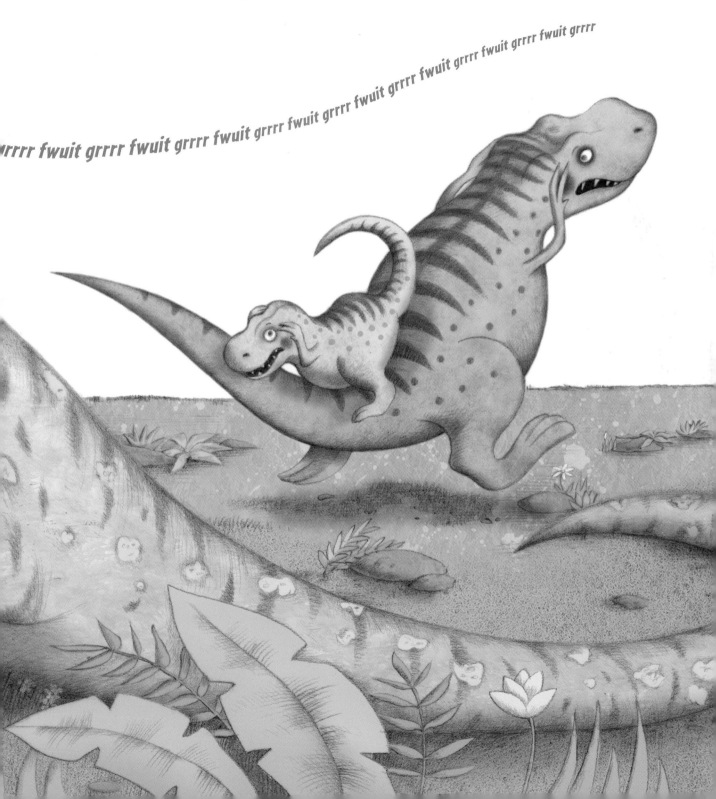

Ce papa est **NONCHALANT**,

ce papa est **SPORTIF**.

Ce papa est **GOURMAND**

et aussi très **VIF**!

Ce papa sait **GALOPER**,

ce papa sait **VOLER**.

Ce papa sait **NAGER**,

ce papa sait

GLISSER.

Ce papa a bon

CŒUR,

ce papa est

TAQUIN

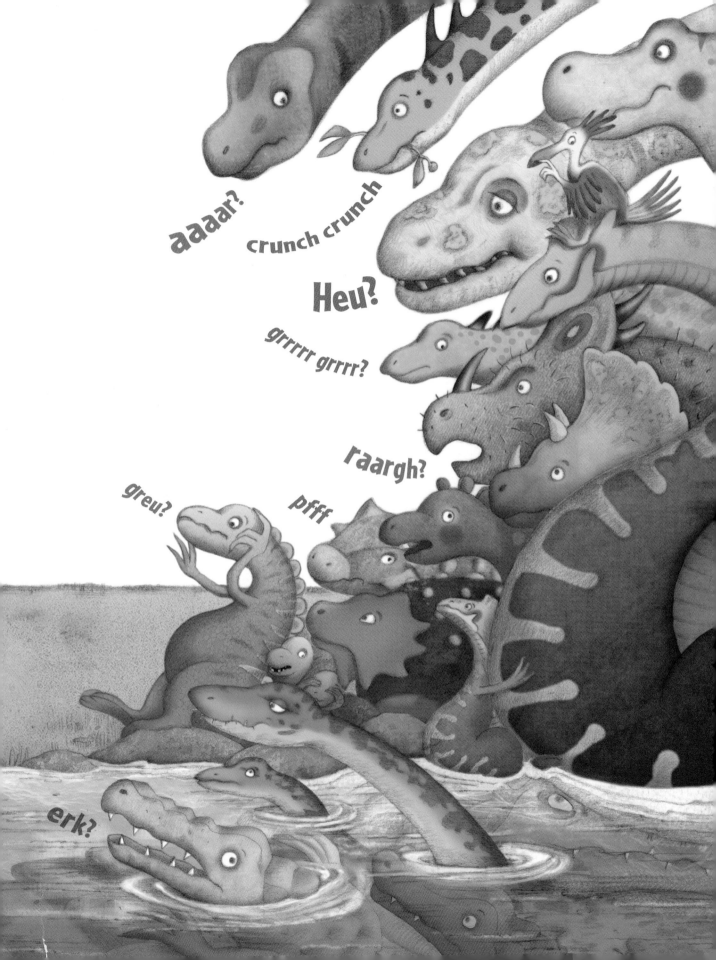

Ce papa est le **MEILLEUR**,

ce papa, c'est le **mien**!